光 速

吴友财 著

长江文艺出版社

图书在版编目（CIP）数据

光速 / 吴友财著. -- 武汉：长江文艺出版社，2023.8
ISBN 978-7-5702-3115-7

Ⅰ. ①光… Ⅱ. ①吴… Ⅲ. ①诗集－中国－当代 Ⅳ. ①I227

中国国家版本馆CIP数据核字（2023）第070135号

光速
GUANG SU

责任编辑：谈 骁	责任校对：毛季慧
封面设计：祁泽娟	责任印制：邱 莉　王光兴

出版：长江出版传媒　长江文艺出版社
地址：武汉市雄楚大街268号　　邮编：430070
发行：长江文艺出版社
http://www.cjlap.com
印刷：湖北新华印务有限公司

开本：880毫米×1230毫米　　1/32　　印张：5
版次：2023年8月第1版　　2023年8月第1次印刷
行数：2682行

定价：58.00元

版权所有，盗版必究（举报电话：027—87679308　87679310）
（图书出现印装问题，本社负责调换）

吴友财

男，1982年10月出生于福建福清，曾留学英国七年，现居福州，著有诗集《野花 野花》《围绕》。反克诗群、石竹风诗群成员。

目　录

辑一　光速

光速　003

鸟　004

蚂蚁（之一）　005

蚂蚁（之二）　006

飞起来　007

苦命人　008

旧事物　010

下山　011

极乐鸟　013

合葬　014

绝望之爱　015

向生而死　016

在洪山桥头　017

康德的一天　018

两张照片　019

秋叶帖　021

022　如梦录

023　错觉

025　姐弟

026　另一个世界

028　爱是一颗蔚蓝的星球

029　告白

031　看穿

032　清晨遇老者

034　启示录

辑二　有个男人在唱歌

037　有个男人在唱歌

039　陪女儿下棋

041　给女儿讲故事

042　完美生活

043　小镇

044　无名的花

045　出生帖

046　人生蓝图

048　把脚放在阳光里

049　李白和杜甫

050　美好的时刻

051　床

053　日常

凳子 054

二十本油印诗集 056

旷野 058

父与子 059

我爱你（之一） 060

我爱你（之二） 062

幸福的恋人 064

兄弟 066

教父亲写诗 068

水中的父亲 070

有限 072

中年书 074

辑三 悔过书

悔过书 079

海边小店 080

人 082

和氏璧 083

惩罚 085

一群怪人 087

恨大于爱 089

生而为人 090

一个写诗的兄弟 091

拍手 093

094　古人在做什么

096　抬头看天

097　极刑

099　多么需要一个人

101　浮生辞

103　落叶

104　梦

106　围绕

辑四　异乡人

109　异乡人

111　在梅尔顿·莫布雷的孤独

113　刚烈的鸟

115　回家

117　走路

118　不堪回首

120　兴化平原

121　光

122　黑翅膀

123　夜空

125　洲上坪

127　变形记

128　客居

130　囚徒

往事 132

魂魄烟消云散 134

玩手机的演员 136

秋叶凋落 137

梦中的灯光 138

秋日帖 140

神 142

总有这样的人 143

消失的乐队 145

听命湖 146

我愿继续生活在这里 148

后记 149

辑一

光 速

光　速

有些星星我们暂时看不见
——它们发出的光尚未抵达地球
我们看得到的星星有些已经不存在了
——我们凝视的只是它们曾经的光芒

我看着夜空
可是夜空并不是我看到的模样

我爱你
你也不是我看到的模样

2017. 10. 12

鸟

世间那么多的鸟

它们葬身何处

一只鸟在天上飞

预感到自己的死亡

它将往哪里飞去

在哪里缓缓下降

停靠

收拢翅膀

合上眼

安静得像进入一场睡眠

它飞过那么多的高山

峡谷

平原

河流

足够

做一个长长的梦

它还梦见自己的来世

变成一个人

在世上苦苦地奔驰

寻找栖身之所

2017.4.30

蚂蚁（之一）

我坐在石板凳上
有只蚂蚁向我爬过来
我不想伤害它，便使出最大力道，将它弹走
它落在相当于其身长上百倍距离的不远处
毫发无损，又向我爬过来
我又将它弹走
如此这般三次
它似乎明白了我的意图
不再向我靠近
我不忍，想仔细察看一下
看它有没有受伤
它竟突然扭头而去
消失于两块石板的接缝处
不再出现
我怅然许久
想不到一只小小的蚂蚁竟如此地决绝
从它看见我
接近我
到宁死不愿再见
只过了不到一刻钟时间

2017.5.2

蚂蚁（之二）

昨夜暴雨。
世界天翻地覆，旧日秩序模糊——
如果它们看到的一切
也可以称作世界的话。
道路毁坏，桥梁被冲走——
如果树枝与枯叶
就是它们通行之路的话。
农田被淹没，颗粒无存——
如果脚踩黄土背朝天的辛苦劳作
也是它们繁衍生息所必需的话。
我看见大小湖泊遍布它们的家园
带来干净的饮用之水
与幻想之舟
我还看见一条蚯蚓死去
在水里静止成一道丰盛的美食
这些卑微的生命围绕着它
它们一定是在跪谢上天的恩赐
我看见阳光比任何时候都要强烈地直射
在它们裸露的脊背上
我还看见它们有时直立
艰难地行走。

2017.8.11

飞起来

有一次我梦见自己飞起来了
天空阴沉,飘着细雨
我的身体因为失去重量
而获得前所未有的解脱
背上的翅膀结实有力
可以带我去任何地方。
只是很短的瞬间
我就从阳台飞到对面楼顶。
陶醉在飞翔带来的快感与喜悦中
我忘记了俯瞰或远眺
忘记了自己是否孤身一人
独享这茫茫无边的黑暗。
如今,二十多年过去了
我做了无数个梦
却再也没有飞起来过。
我在心里白白准备了那么多
想去的地方
那么多想见的人。

2017. 10. 8

苦命人

在楼道里
我遇见两个搬运工
他们吃饭的工具
是一根粗布条
还有一身的蛮力
我本来以为他们很强壮
事实上他们又黑又瘦
他们将三五个物件堆叠着捆好
扛在肩背上一步一步往上爬
喘着粗气
从我身边经过
当他们走下来时
背变得更驼了
身上的酒气更浓了
他们一声不吭
没有表情
像失去了思考的能力
对生活不抱任何幻想
一整天
我都在想着这件事
两个出卖力气的人

麻醉自己的人
苦命的人
替我们搬着幸福的家

2021. 2. 27

旧事物

荡漾的水是旧事物
纯真的笑是旧事物
异想天开的虚度是旧事物
心甘情愿的等待是旧事物
乡村是旧事物
云是旧事物
粗糙的木头是旧事物
你给我的爱是旧事物

这么多的旧事物啊
我们终了一生都只能热烈地
拥抱一次

这么多的旧事物,被我们
一一拿出,重新
再擦亮一遍
被我们的女儿和儿子,重新
再用旧一遍

2016. 8. 20

下　山

那一夜，我们顺着原路从山上下来
星光灿烂，百虫嘶鸣
齐整的石板路闪着白光
与头顶的银河遥相呼应
路上无人同行
仿佛天地间就剩我们两个
自在而从容。
灯火在远处
看不见的喧闹在遥远的寂静处
我们手拉着手
在走向它的迷途里
路越走越明亮
像一种可以触摸到的错觉
我们开始前后张望
辨认路途
并以此消除恐惧。
不知道走了多久
路面的光亮才渐渐暗淡下去
树影繁密起来
遮住星空
在这种温暖而熟悉的庇护下

我们不知不觉加快前行的脚步
并在压抑不住的欣喜中
重回人间。

2017. 8. 1

极乐鸟

传说有一种极乐鸟
一辈子都在飞翔
落地就是死亡

我曾见过一个失眠症患者
他摆脱了对睡眠的依赖
但活在巨大的痛苦中

我也听说有些人患上厌食症
丧失了饥饿感
形如槁木

世间是否真有极乐鸟？如果有
她的歌唱是否能让某些人安然入睡
她的羽毛是否能让另一些人神采依然

如果没有
是谁让他们像极乐鸟一样在天上飞
又让他们像人一样在地上死

2017. 10. 15

合　葬

一个朋友说,早上办公楼门口
有一只鸟,不知道怎么死的
看上去像是睡着了,没有伤痕

另一个朋友说,她正在跟孩子们做游戏
一只鸟疾速撞在窗户玻璃上
死于非命,羽翼纷飞

多么蹊跷,两处相隔千里的所在
有两只鸟毫无征兆地死去
仿佛
死于一种妥协
死于一种捍卫

我把它们联系在一起
如同给出一个合葬

2017. 9. 13

绝望之爱

多么微不足道
我们生活的星球在太阳系中
只相当于一颗飘浮的尘埃

多么短暂
如果把宇宙存在的时间压缩成一年
人类历史不过是新年钟声即将敲响时才发生的事

我们所有的努力都无法换来一秒钟的停留
我们日夜不停地行走
在一片旷野中

我们相爱——
只有最深的孤单
才配得上这种绝望

2018.12.30

向生而死

一个胚胎
被装进子宫
使一个女人的肚子隆起

一个人
被装进棺材
使一块土地隆起

2017. 11. 3

在洪山桥头

他用手指着窗外,说
看到没?那山,
这边是我们居住的花花世界
那一面,就是墓园
生与死就是这么接近

他说这些话的时候,我在想
山的那一面,会不会有人
在另一个世界,也用手指着我们
说:
看到没?死与生
就是这么遥远

2015.11.16

康德的一天

4：45　仆人叫醒他
5：00　喝两杯茶,抽一斗烟,开始备课
7：00—9：00　在一楼教室上课
9：00—12：45　写作
12：45　下楼待客
13：00—16：00　与友人共进午餐
16：00—17：00　散步
17：00—22：00　看书
22：00　上床睡觉
这是伟大哲学家康德的一天
他守时、克制、睿智、严厉
一个人,心无旁骛,在一座小镇里
像钟表一样走完长长的一生
当这座钟表停止走动了以后
小镇的居民们不得不一次次抬头
看教堂上的时钟
以安排作息
听报时的钟声在每一个不同的瞬间
断断续续地传来
哦,世界那么明亮
那么吵

2017.4.19

两张照片

我翻出来一张儿时的照片
母亲抱着我,父亲抱着弟弟
面对镜头,我有点惶惑
父亲那么俊朗
母亲那么年轻
那么美。
这多像我们去年拍下的
那张照片
我抱着女儿,妻子抱着儿子
女儿的神情安静,而儿子
我们始终难以找到他
乖乖配合拍照的瞬间
最后只能定格下他一个
搞怪的表情
正如当年的那个我
额头刚缠上一块纱布
泪渍未干
还不知照相
为何物。
两张照片相隔三十年
奔跑在我的橱柜里

橱柜里还有几本诗集
和一小瓶捡了好几次才存满的
夏天的蝉鸣。

2019. 8. 13

秋叶帖

我坐在榕树下
一片树叶不偏不倚地落在我的脖颈上
多巧,这棵树的树身分出六根粗的枝干
每根粗枝干上又分出五至十根细的枝干
每根细枝干上又有多根更细的枝条
这些细枝条之外还有最细的枝条存在
最后才是无数灿若繁星
多如沙数的叶片
这些叶片,有的离我很远
像那些外省的人,一辈子都不会与我相遇
而有些叶片,它们安静地悬挂在我的头顶
摇摇欲坠,只等一阵风来
它们就缓缓地向我走来
而只有最为幸运的那片
才有机会落在我的脖颈上
被我捏在掌心里
用它的芳香
让我柔软
用它的衰老
让我心疼

2019.9.5

如梦录

我曾无数次梦见自己走在路上
有时候急着追赶一趟车
那是黄昏消逝前的最后一班
前途漫漫
一旦错过便堕入无边的黑暗。
有时候我梦见自己驾车
在路上飞驰
道路宽阔
无人同行
我却没有丝毫畏惧
只遵从内心罗盘的指引。
我还梦见自己无限接近目的地
我弃车而行
走在似曾相识的小路上
等待的焦灼已经平复
旅途的疲惫也已消失
我推开那扇门
却感觉不到志忑与欣喜
哦,一切不过是旧地重游
到最后一刻我才发现。

2018.10.13

错　觉

女儿说
星星是她的好朋友

每次出门
她都要寻找它们

大多数时候
天空令她失望

而我，在那一刻
却深信

那藏在重重霓虹背后的
亿万颗星辰

正在幽幽闪现
为了一个父亲对女儿的爱

拼尽全力
从宇宙的深处向地球上

一座陌生城市里的
一栋住宅楼下

赶来

2017.3.25

姐　弟

虽然很喜欢弟弟
可是当未满周岁的他爬过来
她还是显出惊慌与排斥——
"弟弟你不要过来!"
"弟弟你走开!"

而此时
他们背靠着背
安放着均匀的呼吸
像命里注定需要互相扶持的
两只小绵羊

窗外
夜色与晨曦正进行着完美的更替
与融合
空中一轮残月
看着这一切

2017. 9. 20

另一个世界

每天早上五六点
儿子都要醒来
用他从另一个世界里带来的语言
咿咿呀呀地向我打招呼
他那么高兴
手舞足蹈
小嘴里喷吐着温暖的奶香
对于这个崭新的世界
他还一无所知
不管谁冲他扮鬼脸
他都报以纯洁的微笑
他丝毫不隐藏内心的想法
不掩饰自己的需求
多么宝贵的品格
这些从另一个世界带过来的
上天的馈赠
如果能保持一生
该多好
到了要归还的一天
一切都完好
如最初的模样——

他推门而入
走近我们
还不认识我
却仿佛已认识所有人

2015.3.25

爱是一颗蔚蓝的星球

爱是一颗蔚蓝的星球
爱是这颗蔚蓝的星球上生活着的
你和我

爱是我们的祖祖辈辈
爱是上天赐给他们的侥幸
和忠诚

爱是我们生下的孩子
爱是我们孩子的孩子
爱让人无法呼吸

爱是我们爱着
这颗蔚蓝的星球
也毁掉这颗星球

2019.9.14

告　白

梦中，一个朋友即将离世
我想在纸上写下一些文字送给他
袒露我的心迹
并希望他能有一个好的归宿
纸不平整，笔也并不好使
我的字歪歪扭扭
如初次握笔
怎么样也无法写工整
最终它们竟挤到一起
模糊不清，无法分辨
我万分苦恼
光阴飞逝中
纸张与笔突然消失
面前换成了一个沙盘
我可以用手指在上面轻松作画
可是字太大
想说的话又太多
三言两语竟已占满整个沙盘
梦醒
发现自己与这位朋友才有过一面之缘
并不熟识

便如释重负

过些时日

再想到这个梦

恐怕连他是谁我都记不起来了吧

2017.9.1

看　穿

祖父去世的那一刻我终生难忘
已经很虚弱的他突然举起双手
在空中抓取
不像落水之人的那种急迫
而像对于一种召唤的回应
我相信
他肯定有所见，有所闻。
这一幕像一把利剑悬于我头顶之上
三十多年来，我不敢
起歹念，乃至恣意放肆，佯醉装狂
我甚至不敢大声出气
不该失去的东西我也没勇气追回。
一切早有安排，目之所及并非皆是可取之物
我对自己说，也奉劝他人
像早已看穿一切的智者
或误入一场弥撒的孩子。

2017. 9. 18

清晨遇老者

我推着儿子绕着中心花园散步
一位中年女子推着一位老者也在楼下走
儿子躺着睡着了
老人坐在轮椅上闭目养神
我们顺时针
他们逆时针
每走半圈
就相遇一次
天色昏暗似有阵雨
我们不急着躲雨
每一次相遇
都微笑着点头致意
不知不觉
黄蝉花金色的花瓣明亮起来
鸟鸣声变得嘈杂
不时有人迎面而来
或从背后赶超我们
抽烟的男人坐在椅子上小憩
卫生工忙着倾倒昨天的垃圾
在晨曦隐约而飘浮的潮气中
我们的相遇渐渐变得不可预期

直至某个时辰我突然发现老者已消失不见
云开雾散
那场将来的阵雨
也落在了别处

2017.5.25

启示录

"土都已经埋到我胸口了
还怕什么?"
一个酗酒者如是说

"愿君勿采撷
此物最害人。"
一个老父亲对幼小的女儿说

想起他们的时候
我正走在一条上坡的路上
天边一颗星星以微弱的光芒引领着我

无数的星星正在赶来的路上。我也知道
再多的星辰都不足以驱散一块巴掌大的黑暗
它们徒然而寂寞的燃烧究竟是为了什么?

2018.9.18

辑 二

有个男人在唱歌

有个男人在唱歌

我走在四月的阳光里
有个男人在我身后唱歌
我慢慢地走
他旁若无人地唱
那是一首关于游子漂泊异乡的好听老歌
它曾经陪伴我度过了无数的旧时光
喜欢它的人大多跟我一样
历经一些沧桑
剩下许多故事
多么好听的歌,可惜他唱得并不太好
虽然他唱得并不太好,可仍然很好听
我放慢脚步,这个年轻人经过了我
那不是一个醉汉,但也如我所料——
头发是染的,牛仔裤是破的,衣服是紧身的
如我一般年纪
可能也有一些故事
所有人都在屏息谛听,或窃窃私语
目送他远去
这时候或许应该有一个人
充满激动地迎上去
代替大家拥抱一下这个年轻人

感谢他在四月美好的阳光里
为我们唱一首关于家乡的歌
然而这样的一个人并不存在
我记住了他的歌声
也羞于做出更多举动

2020. 4. 11

陪女儿下棋

我执白子
她执黑子

我一窍不通
她初学

我吃她一颗黑子
她吃我半盒白子

每吃一子
她必大喜

每失一子
我亦大喜

六年前
她未出生

三十七年前
我亦不在

我们走了
很远的路

来下这盘
无关输赢的棋

2019. 7. 14

给女儿讲故事

杜鹃鸟趁大苇莺不在

将其巢里的四颗蛋推出一颗

把自己的蛋下在里面

大苇莺飞回,丝毫不觉

过些时日,杜鹃鸟的蛋最早孵化

小杜鹃鸟出生后不久就把其他三颗蛋推出

摔碎于地,罪恶有如天赋

大苇莺飞回,回天无力

只好一心一意喂养小杜鹃鸟长大

一日,杜鹃鸟羽翼丰满,腾空飞走

没有一丝留恋。

我对女儿说——

"这是鹊巢鸠占的故事。"

她并未发现破绽

多好,我讲错了也没关系

她那么小

爱听故事,却听不懂。

2017.9.25

完美生活

我想做一个修剪花木的人
我喜欢听剪刀咔嚓咔嚓的声音
像秒针一样,单调,从容不迫
给予我无限的放松与满足
我喜欢在日头下挥汗如雨
从枝条断口处溢出的汁液蹭上我的衣袖
让我的手黏糊,失去光泽
像提早出现的老年斑,我也视而不见
我把剪下来的枝条归拢一处
等待太阳把它们晒干,变成烧饭的柴火
再变成新鲜的肥料,被时间重新运送到枝头
万物生生不息,周而复始
妙不可言
等我把这些活做完
我就找一张干净的椅子舒服地坐下
喝甘甜的茶水
给你打电话
如果你没接
我就去找你
在枝条疯长的山林间迷失方向

2017.4.26

小　镇

我想安居在一个小镇里，在那里
时间缓慢，空间广阔。在那里
风连着风，云层擦拭着每一扇窗子
在那里，夏天寂静得只剩下蝉鸣
夜晚，我只剩下你

这样美好的一个小镇，我想要和你
一起居住，我们给小房子围上洁白的
长长的栅栏，像打包一份精致的礼物
我走在街上，被人打量，我的前世
和今生。他们没有猜透的
我都愿意毫无保留地说出

除了我，他们也打量着你，亲爱的
你小鹿般娇弱的身影，你的眼神
和举止。在这个不设防的小镇
你是我最后一块封闭的领地
我在其间遍植花木，让玉兰树忧郁的
气息，流淌在木槿花细腻的阴影里

2016. 8. 5

无名的花

在蓝色天空的映衬下
它们有一簇一簇绛紫色的花朵
增加我的温暖
有稀疏寥落的绿叶片
还在风中飘飞
仿佛只剩些许的残留
又似乎从未减少

它们是一丛无名的花
但愿我一辈子都叫不出
它们的名字

没有名字的花
比有名字的花
更贴近内心

2014.1.31

出生帖

夏天

桑树生长的速度很快

虽然枝条细瘦

可是叶大,且密

足够无数的蚕啃食

然而已经太迟了

三月,一部分幸运的蚕

获得鲜嫩多汁的桑叶

出生得太早的蚕宝宝

有可能饿死

那些还没从冬天的严寒中熬过来的

桑树,被拦腰修剪掉的

桑树,柔韧的

桑树,它们拼命长出

几片可怜的绿叶

像伤口刚刚被缝合的母亲

喂养新生儿时的那种无力

2017.9.11

人生蓝图

宝贝，我曾经不止一次地规划着
你的人生蓝图
幻想着明天早上一睁开眼
看见安安静静地趴在妈妈肚皮上睡觉的你
你一口接一口地进食
不需要借助一个又一个变换的玩具
你乖乖地长大
长成聪明可爱的大姑娘亭亭玉立
然后遇见相爱的人
成家，生儿育女
最后幸福地终老
一切如此地顺利，没有任何的波折
爱你的男子会像我一样爱你
你们不会有激烈的争吵和痛苦的误解
当你老了，离开树荫
要穿过一条没有桥梁的河流
河水多么清澈，可是仍然深不见底
你被迫在宽阔的河岸
结庐而居
你一定会让歌声溯流而上
寻找到我

多么年轻的歌声呀
好像你刚降临人间的那声啼哭

2015. 5. 19

把脚放在阳光里

把脚放在阳光里
让温暖的感觉从脚尖
流遍全身
让潮水在冰冷的沙滩上
尽情喧闹直到消亡
我有点醉了
想睡
闭上眼
像一株植物
放心地把自己
交给春风和大地
如果阳光
永远为我停留
我也愿意交出生命
如果尘世中一个女人
坚决让我
把脚放在阳光里
她一定是个可以依靠的女人

2014.1.30

李白和杜甫

杜甫的屋顶是茅草
李白的屋顶是月光

李白说
明月高悬
千载而下
不过是一滴杯中的残酒

杜甫说
明月是一座寂寞的空城
月光是逃离的百姓
我不忍心在月光下独眠
我也不忍心
在空城中独醉

2014. 2. 10

美好的时刻

多么美好的一天
我吃完早饭,躺在沙发上
从沙发背后的窗户里投射过来的
亮光,覆盖了我
让我觉得平静而温暖。
多么美好的一个早晨
我看着天花板上吊灯被拉长的影子而
无所思,瞥见鱼缸里的金鱼游来游去而
懒得去喂它们,我在等待
熟睡中的妻子、女儿醒来
这是我选择窝在沙发里的
最根本理由
沙发厚厚的靠背阻挡住窗外的喧闹
也接收房间里传来的一切微弱声响。
这是一个多么美好的时刻呀
她们随时都可能呼喊我
而我已经准备好了
在这忙碌而嘈杂的
人间。

2015.11.26

床

我的床,一面靠墙
靠墙的另外两面
支起围栏
我守着空空的最后一面
横卧而睡
往里,是妻子
最里面是女儿

女儿的世界就跟雪白的墙一样
刚刚有了一些色彩
我们在墙上贴了一些猫咪的图案
她已经喜欢上了

已经一年多了,这张床
像太平洋中的一个小岛
被飓风扭转了朝向
地球隐秘的磁场给我带来了
浅睡眠、多梦、背痛

如果你也有这样的一张床
你一定能够明白我的幸福

和痛楚

就像此刻
我轻轻地越过熟睡的妻子
给女儿盖好被子
房间里已经侵入黎明的光亮
鸟儿叽叽喳喳的鸣叫在窗外
也已经清晰起来了

我睡意全无
守着身后一小片陆地
被整个太平洋的水摇晃着

2016. 3. 8

日　常

多么苦不堪言的庸俗日常——
我躺在床铺外沿
儿子在内侧翻滚
我困倦至极
却要在潜意识里顾及他
怕他翻过我的身体
摔到地板上
有好几次
我睡着了
也惊醒过来好几次
实在无法支撑下去
我把他抱给妻子
想回头安心地睡
却找不回那么强烈的睡意了——
一种身不由己的
美妙的下坠与飞翔
一种难以描摹的
愉悦幻觉

2017. 9. 16

凳　子

也许我需要一张凳子
一张矮矮的
小小的
透着木质粗糙纹理的
凳子
我把它放在地上
太阳照着它
也照着我身边婴儿车里
熟睡的儿子
照着鸟鸣
也照着草叶上的露珠
照着高处的酸橘子
也照着低处的蚂蚁
这是一个晴好的
四月的早晨
能开的花都陆续绽放
不会有树木在此时
被修剪
不会有远行的人在此时
被催促离开
温度刚刚好

雨水也刚刚好
这么好的一个世界
我需要一张凳子
坐着
才看得清楚

2017. 4. 1

二十本油印诗集

你知道油印吗
先用铁笔在蜡纸上刻字
再把蜡纸覆在普通的纸面上
涂抹油墨
刻写的字就印到下面的纸上
这是一种很陈旧的印刷工艺
操作简单，成本低廉
油墨不容易干，多翻动几次
手就会被染黑
薄而脆的白纸
细腻如瓷，易于破裂
上世纪八十年代
一个寂寂无名的诗人
油印了二十本自己的诗集，分赠给好友
用的就是这样的方法
这样的纸
每张纸都被认真对折好，订在一起
二十三首诗，六十多页
没有比这更粗糙的诗集了
他甚至还没用上那个众所周知的笔名
如今，诗人离我们而去将近三十年了

这二十本油印诗集是否还在
不知道还剩下几本
在哪些角落
散发着幽幽的香气
闪着微光

2017. 7. 24

旷　野

这个秋天，我在女儿的欢笑与哭闹中度过。
她欢笑的原因有很多，可能
为看见镜中的自己而欢笑
为得到一口美食而欢笑
为获得一个拥抱而欢笑
为给出一个亲吻而欢笑。
她哭闹的原因也有很多，可能
为睡不着而哭闹
为不吃饭而哭闹
为得不到一个拥抱而哭闹
为拒绝一个亲吻而哭闹。
这个秋天，女儿的欢笑与哭闹
像两匹不安分的小马驹，
在我的旷野里来回奔跑。
她安静的睡眠缠绕在我的指尖，
像风栖息在叶片的缝隙里。
她长长的睫毛下隐藏着均匀的呼吸，
多像小河在草丛中悄悄流淌。
有时，她也做梦，我看得到她梦境中的一切。
我也看见了自己，那片旷野上从未有过的辽阔
与寂静。

2015.11.9

父与子

我推着儿子在楼下慢慢地走
在持续的晃动中他沉入梦乡
城市里无处不在的嘈杂也不能惊扰到他
他睡得那么香
那么熟
仿佛劳累至极的成年人
一门心思的庄稼汉
可当我停止走动,没多久
他就会醒来
真是有趣
我需要安静,他需要吵闹
我爱平稳,他爱摇晃

还没出生他就在母亲的腹中历经颠簸
直到死亡我才能安息在寂静的土地里

在人世,我们相遇
性情各异却又血脉相连
只一眼
便是一生

2017.5.14

我爱你（之一）

我爱你走过的每一个地方
我爱你念过的每一个名字

我爱你所爱的
我爱你所厌恶的

我爱你黑暗中的花朵
我爱你星空下的安宁

我爱你的呵斥
我爱你的乞求

我爱你像孩子一样的诚实
我爱你此刻的无助

我爱你白白浪费的青春
我爱你不断被删改的一生

我爱你的云淡风轻
我爱你的如履薄冰

我无可救药地爱上这一切
像病痛无可救药地爱上你

2018.11.27

我爱你（之二）

我爱你
今天我这么说
明天我也这么说

我爱你
对你我这么说
对别人我也这么说

我爱你
这可能是第一句话
也可能是最后一句话

我爱你
这不完全是一句真话
当然也不完全是一句假话

我爱你
你一定明白我的意思
你也一定曲解了我的意思

我爱你

这句话以前我不敢说
现在我很想使劲地说

2019.7.26

幸福的恋人

小区有三栋楼,两百多住户
却只有两个卫生工。这对夫妻就住在二号楼
一层车库边上的小房间里。
他们除了每天晚上要逐层清空楼道里
的垃圾桶外,还要保持各个区域的干净
这些区域包括:
每栋楼的互通层、楼道、公共大厅、楼下走廊
及过道。他们偶尔还要清理:
住户们婚丧嫁娶时与节假日期间燃放的
各种烟花爆竹与香灰蜡烛
装修时倾倒的垃圾,平时扔掉的旧家具
旧家电。我不知道
他们是否有多余的时间去接送他们的孩子
是否有足够的耐心给男孩讲一个完整的故事
带他去超市里闲逛,尝免费试吃的香梨
他们每天穿的衣服都近似
手里拿的不是拖把就是其他的清洁工具
随时待命。只有一次
他的爱笑的妻子,男孩的母亲
穿上了干净美丽的花布裙子
挎着小巧的手提包

矜持地坐上了他的电动车后座,驶出了小区
像一对幸福的恋人一样
他们融入这座城市花花绿绿的人潮里
阳光中,我目送着他们远去,仿佛看见
他们出了城,穿过一片金黄的油菜花田
去领一张上个世纪八十年代的结婚证

2017.4.16

兄　弟

她要去幼儿园接大孙子
便把小的留下托我照看
天有点转凉
小男孩穿着短袖
躲在楼底的小角落里
像一只落单的小麻雀
站着，不说话
也不哭闹
我朝他扮鬼脸，也不理我
我摸摸他的手臂
微凉，鸡皮疙瘩凸起伴着皮肤略有潮红
他显出一副落寞的神情
眼神飘忽
像骤然失去一件心爱的宝物
他不时朝奶奶离开的地方张望
看到他的哥哥出现
笑容一下子就堆满了脸上
他们亲密的样子让我感动
我还记得他们每一次打架的情景
关于那些不愉快
他们肯定毫无记忆

等他们长大了
才会慢慢想起来

2017.5.16

教父亲写诗

父亲知道我会写诗
还写出一点名堂
很高兴
他一定在夜里读过我的诗
戴着老花镜
读的时候还会忍不住发出声音
像体内有一个比现在的他
年轻许多的他
在为他朗读
那个年轻的父亲意气风发
有上世纪七十年代的初中学历
酷爱古诗词
民间俗语
谚语
王侯将相的传说
才子佳人的韵事
当年老的父亲因病住院之时
年轻的父亲借他粗糙的手
写下了三首现代诗
被我无意瞧见
无非是一些直白浅显的人生感怀

有点矫情

滥情

跟我当年学写诗的时候一样

可我不忍心说这些

多么惭愧

这个年轻人教会了我说话与行走

我竟舍不得教他写两句好看的诗

2017.9.11

水中的父亲

父亲说要教我游泳
那是很多年前的事

母亲说他游得好
我至今也没见过

不能在小小的池塘里游吧
不能在浅浅的水渠里游吧

父亲是个好木匠
方圆十里的木匠都没他手艺好

他做的农具会说话
他做的桌椅会唱歌

他的手指有的已不能伸直
皮肤上刻满了永恒的裂口

不是所有的木头
都会在水中漂浮

为什么我还愿意相信
父亲在水中永不沉没

2018. 7. 21

有　限

两个吵架的人终于停了下来
不是因为谁说服了谁
而是因为他们都累了
无法继续战斗
他们终于输给了自己的体能
败给了万能的造物主
多好，一切又恢复了平静
他们虽没有握手
但也没有怒目
这不是生活本该有的面目吗
两棵树站在一起
你长你的
我长我的
两个人走在一起
你想你的
我做我的
多好，我们终于明白了自己的有限
而清风明月才是永恒
——正如古人所深信的那种逻辑
多美——
你陷入疲惫的样子

你承认失败的模样

2020.4.21

中年书

孩子一天天长大
我的忧愁也一天天加深
——当你种下一盆花
远游就变得不自在
当你养了一只鸟
你就要限制它的自由
他们年幼
无忧无虑
像原野上的两朵小花
奔跑在春光里
而我已日渐衰老
活得越来越小心
——慢行、饮茶
少熬夜
多宽怀
日出即醒
过午则困
战战兢兢,如履薄冰
当他们还在沉睡
我观察着他们
想象着,两朵小花

在风雨中
互为舟楫的样子
想象着
大地在暮色后
复归一种平静

2019.9.30

辑 三

悔过书

悔过书

祖父离世一年后,我的祖母也走到了生命的尽头
她像一根即将熄灭的蜡烛
在风中耗尽了最后的一点光和热
也像世上所有因为丧偶
而不愿意独活的生灵一样
淡然、笃定,因为某个虚无的想法
获得了对抗死亡的勇气
而我那时正上高中,自信而固执
认定我所看见的一切就是真理
那是一个午后的闲暇时光
我的祖母安静地靠在躺椅里,时日无多
我侃侃而谈,说起那些全新的知识
对世界的科学认知,关于宇宙万物的起源与终止
她很有耐心地听着,并且微笑
像一口池塘
接纳所有莽撞的石子
她去世多年后我才明白
那天的我做了一件多么愚蠢的事

2018.11.21

海边小店

梦中。在海边
我救下了一个溺水者。
背靠大海,正好有一排商铺
它们以这片古老的大海为生
以我这样为海而来的人为盘剥的对象
我把溺水者抱进第一家门店的时候
便带着这样的想法。
店主是一个朴实且爱笑的中年妇女
清瘦的她似乎见惯了这样的急救场面
不急不慢地备好一碗类似参汤的药水
递给我。顷刻奏效。
我想起那些贵重的药材
便要付钱,等着她开出个天价
她却说只要三元。
我给了她二十
她竟大喜过望,笑得更加灿烂
并与周遭几位店家,她的姐妹们
分享喜悦。原来她们从不欺客
客人给小费也是前所未有之事。
从店里出来后不久
我梦醒,并久久无法再次入睡。

那些看管着无边黑暗的局促的小店
那些掌握了起死回生密码
却只收取三元报酬的人
——让我辗转反侧。

2017. 9. 25

人

一个卫生工与一个收破烂的
吵起来

卫生工说
业主放这里的东西
不是遗弃
你怎么能拿走

收破烂的说
没拿
我知道干这行的规矩
我也不是手贱的人

他们争论了很久
两个为了生活起早贪黑的人
此刻
一个在保护别人的权益
一个在捍卫自己的尊严

2017. 9. 15

和氏璧

楚人和氏将一块玉璞献于厉王
相玉者说是石头
厉王怒
砍掉和氏左脚

厉王死
和氏再献玉璞于武王
又言石头
武王怒
砍掉他的右脚

武王死
文王即位
和氏哭于山脚下三天三夜
泪水尽
继而流血

文王派使者问之
俱以告
文王奇
让玉工剖开玉璞

终得和氏璧

这是一个振奋人心的故事
也是一个荒诞的故事
一个令人悲伤的故事
一个令人绝望的故事

它还是一个真实的故事
你看出来了吗?

2022.7.27

惩　罚

听说，本世纪末
海平面将上升至少一米
很多岛屿面临消失

冰架不断崩塌入海
如果北极的冰全部融化
海平面将上升五十七米

如果连南极的冰也融化了
海平面将上升六十六米

我相信，过不了多久
我们都要长眠于东海海底了

我们的子孙将在遥远的西部陌生之地祈求
我们的庇佑
极端的坏天气让他们疲于奔命

没有比这更严厉的惩罚了
百年之后，我们被泥土掩埋

海水又把我们淹没。仿佛罪孽深重
死一次不够

2017.8.28

一群怪人

我在公园里闲坐
几个老人在谈论世界形势
我不禁在心里一笑
他们的话题无所顾忌
论断也缺乏根据
他们各执一词,互不相让
也可能互不相识
但他们聊得非常投缘
有点相见恨晚的感觉
结束的时候
他们依依惜别
谈起对方居住的小区名字
互问籍贯、年纪
儿女的工作、婚姻
都说:知道知道,挺好的
当说到身上的病痛时
他们又互相安慰
把自己身上更为严重的疾病说出来
以此抵消对方的忧虑
真是一群古怪的人
在分别时相识

在相识时推心置腹
在虚无处寸步不让
在痛苦中达成和解

2017.10.20

恨大于爱

在公交车窗户上
我看见顽童留下的扭曲的字迹——
"×××之墓"
"×××爱×××"

多么咬牙切齿的恨
可能还有一些难以
启齿的爱

它告诉我们
诅咒是有效的
爱恋是有罪的

这多像我们想要抵达的另一个世界

2018. 9. 11

生而为人

我不敢吹气球
不敢猜测哪一秒会是爆炸的临界点
高压锅还没喷气
我就开始预设它身首异处的几种方式
为了避免迟到,我开了闹钟
留出足够的时间,可还是睡得不踏实
看到生,我就想到死
想到一生中比死还难熬的,万般的苦痛

我提心吊胆地走向一处所在
没有任何事物可以让我回头

山坡上那么多的人
其实跟我是一类人

他们拱起厚厚的泥土
像要扶着墓碑站起来

2017. 10. 18

一个写诗的兄弟

我记得大二那年

一个写诗的兄弟

邀请我去他的宿舍

那是一个又窄又矮的楼梯间

我们喝下了一些啤酒

还有一包普普通通的方便面

那时候我还小

刚学会诗人的忧愁

装得还不太像

他女朋友冷漠的姿态

浇灭我心中仅有的热情

他的诗我还不大看得懂

那时候我真的太年轻

不太敢发表意见

他对我说过的醉话

我当场就忘掉

我只记得之前

我翻过了一道围墙

还有一些篱笆

我不记得他的模样

可是我想起这件事

就心痛

2014.1.13

拍　手

清晨，很多人在路上拍手
他们想
拍出黑夜留在他们体内的病灶
拍得舒筋活络
手掌像太阳一样通红
这没什么不好
如果这样的方式
能让时光稍做停留的话
有一天
我也会加入他们
这一天
也许是二十年以后
二十年——
七千多个日夜的更替
与消磨
父母是否依然健在
儿女是否平安快乐
我是否已存下足够的
痛
耗去太多的
爱

2017.9.7

古人在做什么

历史一片漆黑,
古人在做什么?

茅屋不避风雨,古人如何栖身?
田园一旦荒芜,古人如何果腹?

夜晚没有灯光,古人如何凝视?
镜中容颜模糊,古人因何喟叹?

沿途没有车马,古人如何抵达?
家书遥不可及,古人为何秉烛?

疾病无所疗治,古人如何长命?
婴孩半数夭折,古人如何承受?

管弦之声单调,古人何以落泪?
闹市尚且幽静,古人为何独处?

春宵一刻千金,古人为何赶考?
沙场征战无回,古人为何赴死?

古人在做什么？
历史一片漆黑。

他们如何生，我们都看不见。
他们如何死，我们都猜得到。

2018.9.6

抬头看天

我抬头看天
天堂在又高又远的地方
而世人都在向低处寻找。
那些纵身一跃回归土地的生命之花
那些看似解脱又无可奈何的袅袅尘烟
那些被大地收回翅膀的夜的精灵
它们通通不过是为了一次壮美的喧哗
而从高山之巅扑向永恒的寂静的大海。
灯笼在我的额头我却看不清
你在我的心里我却向远方眺望。
就像此时
我不停地抬头看天
天空摊开一场无尽的小雨
寒气入骨的三月我就这么期待着
桃花铺满高高的山冈
我知道雷声早晚会从枝头滚过
住进每一处关节
天地间万物复苏众神离场
那些看似上升的灵魂
其实都在急剧地坠落。

2015. 3. 11

极　刑

我不知道这是一棵什么树
三年了，年年如此
入冬的时候
园艺工人来修剪小区里的花木
他们把所有的花木都剪短
去掉多余的枝条
这棵看似瘦弱却枝繁叶茂的树
命运最惨
被锯掉所有枝丫
没有一片绿叶残留
孤零零的一根树干直指天空
元气大伤，痊愈无期
百花竞放的四月
它也只能勉强抽出几片嫩芽
我以为它能够活下来就是万幸的了
想不到，到了夏天
它崭新的枝条已经完全覆盖了旧伤口
到了秋天，它开始报复性地疯长
攀至二楼的阳台，遮挡光线，向路中央的空间
冒犯，挑战抗拒万有引力的极限
直至，被再次处以极刑

落日像头颅
一次次
从它的肩上滚过

2017.4.3

多么需要一个人

她只是她的道具
这一点我深信不疑
并为此耿耿于怀
然而他们没有。
他们停下脚步
往篮筐里投币
助长这种野蛮的行径。
更让我心痛的是
她自己丝毫不觉得羞耻
是呀
她那么小
还在为能帮上母亲而自豪。
她的母亲
一个体态略显丰盈的女人
在这车流人潮的必经之处
有一搭没一搭地献唱
并轻易获得回报。
哦！这么深重的暮色
配上这么一个十字路口——
一个巨大的十字架
多么需要一个人

献出他的绝望与悲悯。

2017.9.10

浮生辞

小巷深处
炸油条的女人
我劝她安个排气扇
她笑笑,说没关系
有时候我看到她男人和她一起
男人切面团
她下锅
他们生命的长度被缩减的总和
是否又多了一倍

我父亲是木匠
他在锯木头的时候
从不戴口罩、耳塞
如今,他的苍老高过他的年龄

奔跑者暴露膝盖
沉思者心力交瘁
吸烟者敞开心扉
酗酒者死于肝和胃

我已老迈

苦中作乐

乐而忘忧

但愿我的孩子们永远年轻

海平面永远在低处

太阳照常升起

2017.6.26

落　叶

你有多久没有端详过一片落叶了
它静静地躺在草地上、石阶旁
完好无缺,让人垂怜。
你有多久没有把这样的一片落叶
捏在手里
它失水,暗斑浮现,发皱
一种不体面却
干净的死亡
多么令你着迷。
你尝试
抚平它
听它骨头寸寸折断的声音
从它的边缘处脱离而去的碎片
惊醒了你复活它的所有幻想。
这样的一片落叶
在清晨与你相遇
好像是很多年前的事。
你将它一点一点撕碎
从指缝间漏下
珍惜它
却又浪费它。

2017.7.19

梦

早上我做了一个梦——
那是一个打稻谷的场景,
一个男人和一个女人甩动稻穗的身影
像极了我的父亲和母亲。
他们扬起一捆捆粗壮的稻秆
像扶起我沉重的睡眠。
天色昏暗,在他们的面前
是无边的大海。
我像一个旁观者,或游客,
冷静而客观地观察着他们的背影
一次次地折叠又舒展,
像一对觅食的海鸟。
他们用渔网接收打下来的谷粒,
渗下来的水分流入大海。
固定渔网的支架因为谷粒的重量而绷紧。
我开始有点担心它们会断裂,
我也担心高高的打谷机会卷走他们——
这人类的双亲,
我的父亲和母亲。
这个梦到此为止,没有了下文,
这个梦结束得刚刚好。

从这里开始,
一切的叙述都是多余的。

2015. 10. 16

围 绕

教堂周围是挤满了墓碑的墓地
然后才是马路、公园、居民楼、商业街
警察、报纸、酒瓶、狗、晚餐、散步
细雨、签证、车祸、欧洲杯、大西洋

在这里,所有的城镇都是一样的——
生者围绕死者,死者围绕上帝

生者看着死者的背影
死者看着上帝的眼睛

2016.9.29

辑 四

异乡人

异乡人

冬天的阳光散发着芳香
照耀着每一个热爱生命的人
在城市里行走
在硬币揉碎的光辉里
有些人听到了落叶
在石头缝里疲惫入睡的气息

这里的人们说着
比家乡话柔软的言语
风吹在窗户上
偶尔也会嘭嘭作响

异乡人手插在口袋里
穿过大街小巷
冬天的阳光暖暖地
将他拥在怀里

他对每一个清醒的路人言语
却从不轻易把沉醉的自己叫醒
异乡人手提灯笼
在城市里行走

偶尔停下脚步
抚摸一下心跳

2015.2.9

在梅尔顿·莫布雷的孤独

在这座英格兰腹地的美丽小镇
异乡人为什么会孤独呢?
火车一到下雪天就晚点
天空还保留着创世纪时候的蔚蓝
街道上不仅有酒鬼和酒瓶
还有刺猬和狐狸
他们一起
构成了小镇夜晚的全部内容
教堂是所有居民的原乡
他们在这里祈祷内心的平静
和遇见一个人以后的幸福
直到他们中的一个
从这里离开后再也无法回来了
祈祷也不会停止
夏季是最美好的时光
青草地在生长
几百年的石头房子也在生长
松鼠也在生长只是你看不见
南来北往的车辆和游客也在生长
你也看不见
你看见了什么呢?你这个异乡人

难道是孤独吗？
在这座宁静而美好的上帝的果园里
休憩的人为什么会孤独呢？

2015. 10. 29

刚烈的鸟

听说
麻雀被人类捕获后
由于恐惧
会不吃不喝数日
最终
绝食而死
这是一种多么无谓的死亡
那么安静的蜷缩
那么轻盈的体态
那么动人的眼神
那么清脆的鸣叫
转眼就要消失不见
爱它的人已准备好了一切
它却都不在乎
在食物旁咽尽最后一口气
慷慨赴死
多么刚烈的鸟啊
吃害虫也吃五谷
在田野里飞也在庭院里飞
在草丛里跳也在雪地里跳
在隐秘的地方死

也在你的面前死

2017. 2. 24

回　家

从我所在的六一中路往南直行
进入六一南路,一公里后左拐
进入三叉街,直行五公里
进入沈海高速,半小时后
江镜出口下,右拐
进入村道,直行五分钟后抵达
这是第一条路线

也可以在六一中路尽头的高架桥下左拐
进入象园路,或右拐
进入工业路,出城
经由三环快速到达沈海高速入口
这是第二、三条路线

如果坐巴士,可以在小区门口的公交站上车
坐 93 路经过三个站后在汽车站下车
花二十三块钱买一张去福清的票
一小时后抵达福清水南车站
出站后左拐步行至相邻的客运站
坐去吴塘的公交车,五十分钟后抵达
这是第四条路线

如果坐动车,还有第五条路线
堵车,走错路了……又会有无数条路线
在地图上,如果把这些路线标出来
它们会像蜿蜒的溪流汇成一股力量
向南方箭一样地飞去

一个随时准备出逃的异乡人
带着这张路线图
被时间捕获

2017. 8. 8

走　路

路上遇见一个人
戴着宽边草帽
在走
帽子那么大
完全遮住了她的额头
和眼睛
她不时仰头
以便看清一丁点儿的前方
她的姿势因此显得怪异
可是她走得很快
比所有不戴帽子的人都快
比所有用脚走路的人都快
比所有看得见路的人
走得都快

2017. 10. 12

不堪回首

每天上班,我都要穿过一个老旧的社区
一辆洒水车每天准时冲洗着社区的门口
二十米长的街道
铺满了朝霞的余晖
我每天走着,走着
习以为常,并不觉得城市的其他角落
有多么地不堪
并不以为清晨枝头上的鸟鸣
是坠入深秋的落叶在尝试着呼叫对方
它们匆匆相聚于一片冰冷的土地
再牵手走向温暖的地心
我每天清醒地麻木着
直到有一天,我突然想起了我的奶奶
那个艰难的岁月里坚持着
每天有条不紊地梳洗自己的
奶奶
我突然发现
那一段时光是多么地不堪回首
井边汲水洗衣的奶奶
那么地瘦弱
回家的小路那么地长

淹没在一片朝霞的余晖里

2015.2.12

兴化平原

这里的泥土红得像血,硬得像铁
这里的风凛冽得像要夺走你的听觉
这里的人讲的每一句话、每一个词
都有刀切一样干脆的尾音
星星缀满夜空,像我从未谋面的祖先
野花遍布田野,是我聚少离多的兄弟
每一个在这里驻足停留过的人
都是我的乡亲
每一棵树、每一口池塘、每一颗细小的沙砾
都平分了我的乡愁
在我每一次的眺望里,总有一座空空的
平房,它像一枚小小的图钉
把我看不见的
余生,牢牢地钉在一座村庄的最北边

2016. 9. 8

光

祖父生前经常手指着那片山坡
山坡中很小的一块地,说
"死后我要埋在那里。"

安详而寂静的光芒从他的衣袖间
漏下,落在我的头顶
驱散了我对死亡的恐惧

他的身边依次躺着我的
太祖父、太祖母、祖母
一晃二十年过去了

"以后我也埋在这里"
今年清明,在荒草间
父亲说了同样的话

午后的阳光透过树丛将斑驳的光影
均匀地洒在他的身上
一切似曾相识

2017.9.29

黑翅膀

黄昏
一只鸟儿飞过头顶
我甚至来不及看清它飞翔的姿态
我只记得它晃动的黑翅膀

一对模糊的
遥远的黑翅膀

故乡沉默寡言的小池塘边
目不转睛的黑翅膀

刻骨的
流淌的黑翅膀

2015. 4. 28

夜　空

当我回首从前，总是想起它们
那些夜空。浩瀚深邃，无数会眨眼的星星
陈列其中。整个夜晚我都在期待它们的碰撞
期待着会发生点什么：与我之间隐秘的私语
必然的偶遇。然而意外没有出现。
我还记得十岁左右的那个夏夜，那片夜空
布满密集的鱼鳞状的浮云，仿佛要将我带走，
隐匿其中。那是一种真实而迷惘的恐惧
我缩在庭院中央的木椅里，周围
房屋与树木的阴影，向我迫近，啃噬着
我的安全感。母亲从屋里走出来，让我
回去睡觉。我得到解脱却又想多做些停留。
十八岁那年，我在镇上念高中，夜空是
泛红的颜色，我从没见过。那时候空气中隐约
有种煤炭燃烧的焦味，有一点点刺鼻
可是让我觉得舒坦，那时候的我自负
而偏执，敢爱敢恨，随时准备好来一次远行。
现在，我在尘世安顿下来，一切已过去
我可以感觉到身体里某种物质的
流逝，日复一日，像安静而从容的啃噬。以及
某些物质的侵入，毫无规律，像随时可能发生

的碰撞。我曾经凝视过的那些夜空，现在凝视着我。

2017.9.9

洲上坪
——给书正

我朋友住在洲上坪
我没去过
但觉得它一定是块好地方

它像碧玉一样被精心安置在水中央
那里一定不缺明亮的阳光
洁净的空气
鸟儿的鸣叫与
遍地的繁花
他拍下深邃的夜空给我看
星月璀璨
与我儿时见过的一样

如果我放得下手头的活
我一定要去那里走走
听他唠嗑
说小地方的好
说大城市的累
说他在洲上坪像个快乐的农夫

我要对他说——
走吧,兄弟
离开这里
离开洲上坪
它真是块好地方
让我们站得远一点
爱它

2017. 11. 8

变形记

如果从天空中往下看
世界是什么样子
无非是树变成了草
楼变成了积木
人变成了蝼蚁
如果未来有人想起我
他们会怎么评价我
无非是短暂的一生
忙碌的一生
空空的一生
无论从哪个方向用力
都无法阻止我变小
变轻
小到微不足道
轻到不值一提
阳光照着我
阳光的重量在一天天增加
因为太小
我越来越承受不起自己的心跳

2020.4.13

客 居

我走到楼梯口
一只鸟扑扇着翅膀飞起
撞在玻璃上
因为慌不择路而
瞬间失去了平衡
它无法逃脱
虽然窗户下方开启的缝隙
足够大
它却一心只想向上
往高处飞
我本来可以轻易夺取
它的自由
像摘下一串熟透的葡萄
然而此时我孤身一人客居异地
傍山听雨
拥有它
又能如何呢?
我走下楼梯
假装一无所见
它在我身后又扑腾了两下
才归于沉静

它暂时飞不出这座楼

我也暂时离不开这座山

2017.11.20

囚 徒

在闽南
娘送儿出门
拐弯时
会唤一声
儿的乳名
据说
如果走得匆忙
会忘了回家的路
会从青丝走成白发
天南走到海北
一个人走成一家人
生走到死。
在我的家乡
没有这个习俗
我去过更远的地方
那里的人也不信这些。
我们都不相信
自己会忘了回家的路
都不相信
需要一个密码
才能解开家的记忆。

我们长久地眺望
一个方向
如同朝圣。
我们梦呓、私语
时而大笑，间或大哭
状如囚徒。

2017.9.16

往 事

十二岁那年
我去姑妈家做客
那时候我们家境贫寒
父母整日操持而所获甚少
我骨子里有深深的自卑与不安全感
在姑妈家,我与表弟同时喜欢上一个玩具
命中注定那个神秘的木偶不是我的
在被姑妈冷落了之后我愤而出走
我们两座村庄之间隔着三座村庄
无数条岔路,无数片农田
我只记得自己从他们家出来以后
顺着土路走上柏油路,经过市集路口
出了南芦村,一直朝落日的方向走下去
穿过一片望不到尽头的阔叶林后
我踏上一条似曾相识的马路
在那里我拦下一辆三轮车
我竟认得司机,他与我父亲熟识
他万分惊讶,将我载回了家
当我出现在父母面前的时候
他们露出了让我一生无法忘怀的表情
那么小的我,走了那么远的路

拦下了一辆前途未卜的车
没有一滴眼泪,没有一点点恐惧
而我平时却那么脆弱,动辄暗自哭泣

2017. 9. 5

魂魄烟消云散

清晨,河对岸有人在吊嗓子

哦——啊——,哦——啊——

哦——啊——,哦——啊——

哦——啊——,哦——啊——

单调的音符,冗长而突兀

一个老者——

我不知道,他是浓荫深处的哪一个

或许,声音是从另一侧发出的

废弃石桥的尽头

一座失修的老屋,门窗尽失,片瓦仅存

一个囚徒——

他一定经历了长久而无望的孤独

河水缓慢流淌

正如他的梦被不断稀释

他的眼睛因为习惯性的失眠而充血

手弯曲的弧度类似鸟爪

在这座城市里

这么枯槁而苍茫的一个人

仿佛并不存在

仿佛

吊嗓子的人

代替他

把声音喊出来

他的魂魄才烟消云散

2017.7.16

玩手机的演员

我猜,她一定是在给他发信息
内容是这么写的:

还是有挺多人过来看的,哈哈
讨厌的烟味,臭死了,今晚好热
不说了,我要上台了……

或者,是这样的:

我会迟一点回去,不要等我吃饭了
也不要来接我了,我自己坐车回去
不说了,我要上台了……

她把信息飞快地发送出去
在夜色里留下长久的震颤与波纹

2016. 9. 1

秋叶凋落

对面楼的一位老人去世了
三个月前,老人摔伤了
在床上躺了一整个夏天
如今,她终于用秋叶凋落的方式
向我们告别
清晨,六点十五分,鞭炮声很短
"吧嗒",那是叶子与枝条脱离的声音
紧接着,哀乐奏响,喇叭的声音被压低
那是叶子在空气中飘摇着下坠
这是一片优雅的、令人心生敬意的叶子
她落在离扫帚最近的地方
远离人间干净的庭院

2015. 11. 2

梦中的灯光

梦中，我垂垂老矣，行将离世
我的祖父从老屋中向我显现
他还是二十年前的模样
还住在那个熟悉的房间
橘黄色的灯光让我有种久违的温暖
他进进出出，却又无事可做
不看我，偶尔对我做出一些奇怪的手势
他指着门外的路，一瞬间
我又跌入另一个梦境
在那条羊肠小道上漫无目的地前行
随后，他走入隔壁房间
为我点亮灯，暗示我
可以睡在那里
做完这一切他又转身走入自己的房间
安睡，不再出现
我惊诧于这个梦如此清晰
却不明白他想对我表达什么
莫非是说我余生未尽，尚有路可走
在我梦醒之后
那灯光，是否还一直亮着
等着我

有一天去熄灭

2017.7.5

秋日帖

我骑着电动车穿街过巷
像骑着一匹马

我抬头看云低头吟诗
像一个诗人

我乞食于世间如根在水中
灯在黑暗里

我行走如猛虎
一奔跑就要散架

我对酒当歌
也酒后愧悔

我汲汲于富贵
戚戚于贫贱

我对别人的爱一天天增多
对自己的爱一天天减少

我思乡日切
却离乡日远

2019.9.5

神

听说死去的亲人收得到我们烧的纸钱
我们烧的纸房子他们可以居住
车子可以开
仆人可以使唤
我们烧得越多
他们的生活越无忧
体面
在我们老家
不信这些
我时常担忧
死去多年的祖父母
是否比在世时还要贫穷
为此,我偷偷念《金刚经》祈福
向神明祷告
不知道他们能否收到
我尤其担忧我的祖父——
一个坚定的
彻底的无神论者

2017.9.6

总有这样的人

一条路快要走到头的时候
紧随我身后的一个人同我搭讪
他说这路上的人有点奇怪
放着路边好几辆单车都不骑
我笑了，说
你看看这个坡有多长
他也笑了。这时
我才看清他的脸与衣着
与这里来往的打工者迥异
我问他是否是附近某个厂区的员工
他的回答像蒙着一层厚棉布
又像围绕着我们的浓重暮色
我说起自己要去的地方
来这座小城的时日
这烟雨蒙蒙
他也不怎么搭腔
这个守口如瓶的、谜一样的男人
与我一起横穿另一条马路后
向我告别
他说他要去的地方只有坐公交车
才能到达

他突然又向我道歉
说轻慢了我
因为他心里在想一些事情

2017. 11. 23

消失的乐队

在人来人往的候车大厅里，
我希望看到
一支乐队。
他们带来了最重要的东西——
音乐。令人难忘的旋律与
令人疯狂的节拍。
那歌声中的忧伤
让即将踏上行程的人
心有戚戚。
他们不为任何人歌唱
但所有人都为他们陶醉。
他们总是面带愁苦
看着远处
仿佛要出发的是他们自己。
当他们停止歌唱，离去
一切又迅速恢复到原来的面貌——
匆忙、陌生、僵硬、冰冷。
没有人相信他们曾经来过
也没有人相信
他们会来。
包括我。

2018. 10. 22

听命湖

我想将后半生消磨
在听命湖畔
为此,我准备了一列开往
云南的火车
我还准备了一些人、一些事
以备列车员检查
火车明天就出发
它应该会经过一些漆黑的
隧洞,我还看见一些低矮的
瓦房,矮矮的山坡上长眠着
不幸的恋人,紧接着
火车驶入辽阔的平原
平原上绿意涌动
像起伏的麦浪
我咖啡里的糖刚刚融化
不甜,也不苦
最后,火车蜿蜒着进入
一片山地,我知道
目的地不远了
你会在那里等我
接过我沉重的行李

安慰我,故作轻松
依偎在你肩头的碎发
被风吹起
像童年时的金色糖纸
让我着迷

2017.3.21

我愿继续生活在这里

我愿继续生活在这里
这个熟悉的国度
我熟悉她的美,也熟悉她的捉襟见肘
熟悉她的如释重负,也熟悉她车窗外
拼凑起来的,一切不和谐的风景
在这座散发着隐约的木质清香的房子里
我熟悉她镰刀悬挂的位置
墙上每一条慢慢延伸的裂纹
我熟悉在这座房子里待久了的
所有像我一样的人该得的
所有的病痛与怪癖
谁让我生于斯长于斯呢?
安睡太平洋边,我哪儿也不想去
或擦拭陶罐,或放牧群羊
或来回奔忙,或疾恶如仇
我只钟情于这片熟悉的
土地,这片凹凸不平的
土地
我一次次地打量着
以此获得永恒的平静

2015.12.26

后　记

从 1998 年写下第一句不成熟的诗至今，二十几年时间一晃而过，转眼间，我已步入中年。回首过往，虽然已出版两部诗集，但都不甚满意，故有了重新将自己认为还过得去的作品结集，再出版一次的想法，权且当作对自己二十几年文学创作生涯的一个总结，于是便有了现在这本薄薄的诗集。

本诗集收录诗歌一百首左右，其中，不少诗选自我的第二本诗集《围绕》，新作大约有二十首。2015—2018 年是我写诗感觉最好的时期，我最满意的作品大多是那时候写的。如今，因为工作繁忙，几乎无新作诞生，不是不想写，而是心有余而力不足，所以也不勉强。

感谢一路上给予我帮助及诗歌创作灵感的朋友们。

于福州青藤书屋
2023 年 4 月 25 日